幸せの花を咲かせよう

絵と文
花鞠 明子
Akiko Hanamari

文芸社

素直な心の種から
幸せの花が咲く

「妬む」
恥ずべき人間の心

愛すれば
愛は育つよ

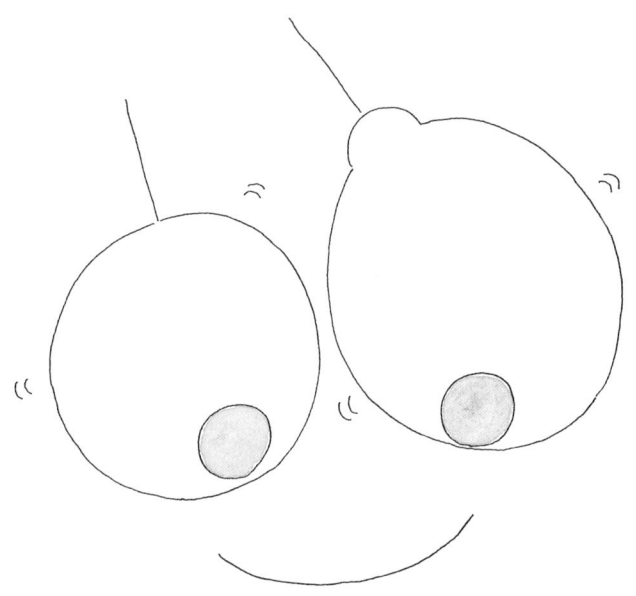

神様は見ている
すべてを見ている

謙虚さに出会う
尊いと思った

自分の弱さを
知っているから
人にやさしく
なれるんだ

雑草の強さを
うらやましいと思った

ダメかもしれない
だからそれが夢なんだ

苦しみの深さだけ
心が豊かになる

成功を夢見て
天を仰ぐ

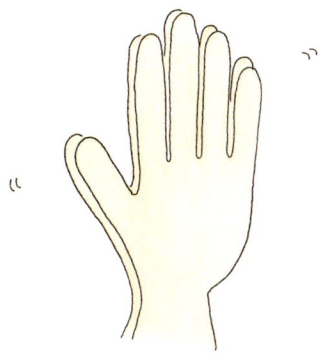

「パンパン」とかしわ手を打つ
なぁ神様
たまにはオレの願いをきいてくれ

「ダメな子」から始まった人生
失敗するのもあたり前さ

どんなものにもとらわれない
道端の石ころになる

自分の中の本当の気持ち
いったい何だろうと思う

人生いろいろ
右に行くのも左に行くのも
自分しだいさ

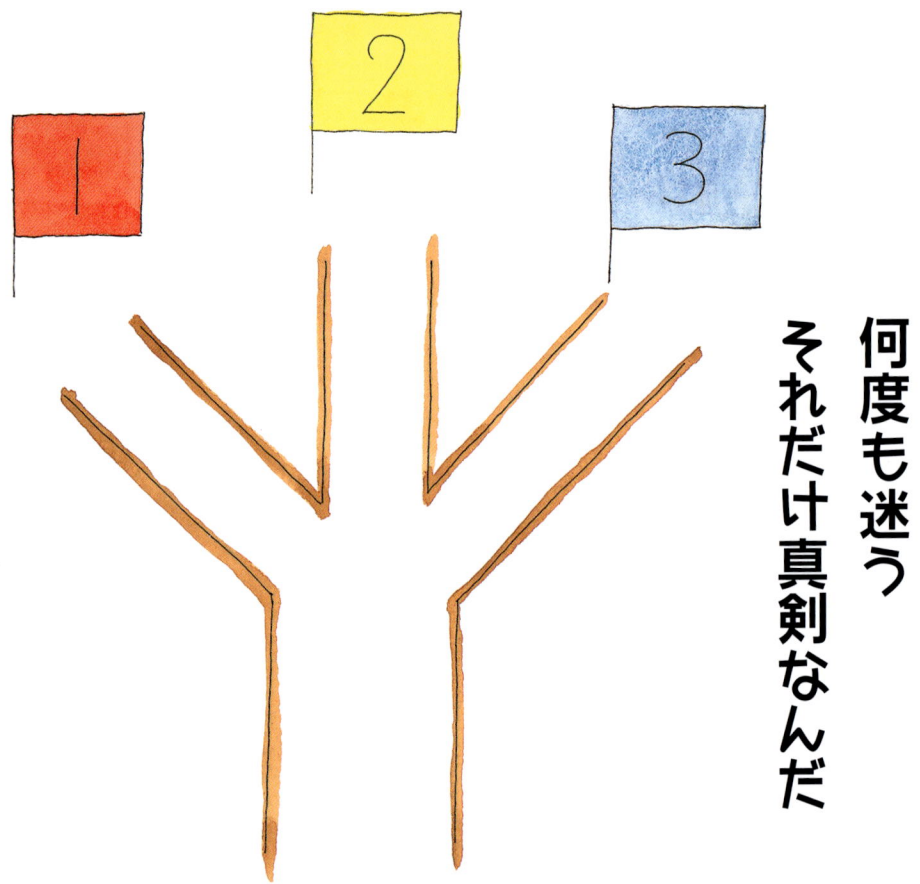

何度も迷う
それだけ真剣なんだ

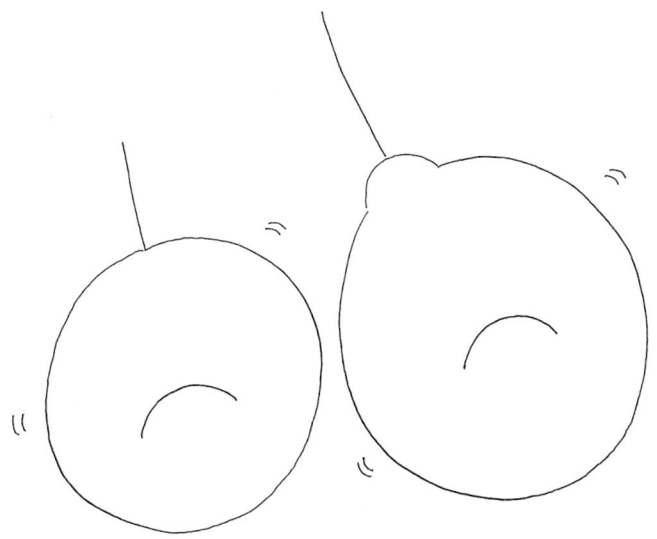

複雑な迷路に迷い込んだら
ちょっと立ち止まってひと休み

草の上に寝転んでみる
自分の悩みがちっぽけにみえた

人生は長いんだ
ゆっくりのんびり 歩いていこう

逆立ちをする
違う世界が見えてきた

人生80年
やってやれないことはない

10 学ぶ

やっと 1 が見えてくる

郵便はがき

〒160-0022

恐縮ですが切手を貼ってお出しください

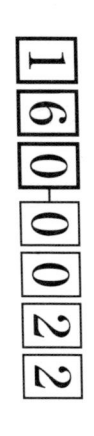

東京都新宿区新宿1-10-1

（株）文芸社

愛読者カード係行

書名		
お買上書店名	都道府県　　　市区郡	書店
ふりがなお名前		大正昭和平成　　年生　　歳／性別 男・女
ご住所	〒□□□-□□□□	
お電話番号（書籍ご注文の際に必要です）		ご職業

お買い求めの動機
1. 書店店頭で見て　2. 小社の目録を見て　3. 人にすすめられて
4. 新聞広告、雑誌記事、書評を見て（新聞、雑誌名　　　　）

上の質問に1. と答えられた方の直接的な動機
1. タイトル　2. 著者　3. 目次　4. カバーデザイン　5. 帯　6. その他（　）

ご購読新聞　　　　　　　　　新聞　　　ご購読雑誌

文芸社の本をお買い求めいただき誠にありがとうございます。
この愛読者カードは今後の小社出版の企画およびイベント等の資料として役立たせていただきます。

本書についてのご意見、ご感想をお聞かせください。
① 内容について
② カバー、タイトルについて
今後、とりあげてほしいテーマを掲げてください。
最近読んでおもしろかった本と、その理由をお聞かせください。
ご自分の研究成果やお考えを出版してみたいというお気持ちはありますか。 ある　ない　内容・テーマ（　　　　　　　　　　　　　　　　　）
「ある」場合、小社から出版のご案内を希望されますか。 する　　　　　しない

ご協力ありがとうございました。

〈ブックサービスのご案内〉

小社書籍の直接販売を料金着払いの宅急便サービスにて承っております。ご購入希望がございましたら下の欄に書名と冊数をお書きの上ご返送ください。（送料1回210円）

ご注文書名	冊数	ご注文書名	冊数
	冊		冊
	冊		冊

バケツの中のおたまじゃくし
希望に満ちて泳いでる

今日の自分を振り返る
明日の自分が見えてくる

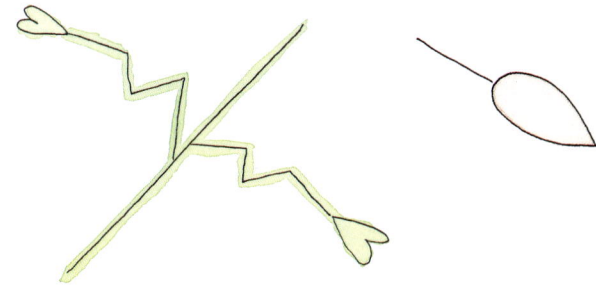

過ちを素直に認める
なによりも大切なこと

支え合って
「人」になる

憎しみは
暗黒の世界への誘(いざな)いである

正直に生きる
大人になるほど難しい

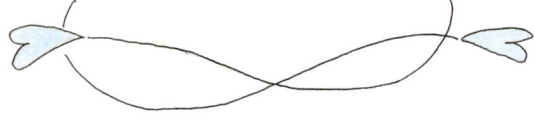

純真な心
いったいどこに忘れてきたの

努力しなければ
心の絆は生まれない

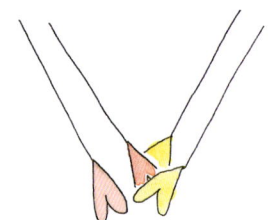

勇気を出して
心の扉を開いてみよう

心の底から好きなこと
それが命の輝き

あとがき

　人生は難しいものです。なかなか思い通りにはいきません。夢に向かって歩いても、挫折感を味わってため息をついたり、わかり合いたいと思って話し掛けても、気持ちがすれ違ったりします。いったん闇の中に迷い込むと、悩みが心に渦巻いて、苦しくなってしまいます。

　この詩集にある数々の言葉は、わたしが「辛いな」と感じたときに、ふと思い浮かんだものです。人間は考え方ひとつで心に幸せの花が咲きます。重く沈んでいた気持ちひとつで明るい笑顔が蘇ります。気持ちひとつで明るい笑顔が蘇ります。重く沈んでいた気分が軽くなると、人生を難しくしていたのは、自分自身の心なんだと気づきます。

　今日を楽しく生きるために、わたしはまず、かたくなな心を柔軟にしたいと思います。むくむくと悩みが頭をもたげても、「なんてことない」と感じられれば、ほら、幸せの花が咲きました。

Profile ＊著者プロフィール

花鞠 明子（はなまり あきこ）

1968年　名古屋市生まれ。
愛知教育大学卒業。
国語教師を経て、現在はフリーライター。

幸せの花を咲かせよう

2003年12月15日　初版第1刷発行

著　者　花鞠　明子
発行者　瓜谷　綱延
発行所　株式会社 文芸社
　　　　〒160-0022　東京都新宿区新宿1-10-1
　　　　　電話　03-5369-3060（編集）
　　　　　　　　03-5369-2299（販売）
印刷所　株式会社 フクイン

© Akiko Hanamari 2003 Printed in Japan
乱丁・落丁本はお取り替えいたします。
ISBN4-8355-6763-3　C0095